A MES CONCITOYENS.

Haytiens, qu'il ne soit qu'un parti parmi nous,
Celui du bien public et du salut de tous.

HAYTIENS!

LORSQUE le monde entier a les yeux fixés sur nous, que nos illustres protecteurs, les philantropes de toutes les nations, nous observent et sont attentifs sur la conduite que nous tiendrons envers la France, dans ses injustes et tyranniques prétentions sur Hayti ; lorsque nos cruels persécuteurs, les ex-colons de Saint-Domingue, s'agitent de nouveau pour se ressaisir de la proie qui leur est échappée , en employant tour à tour les moyens les plus vils et les plus perfides ; nous adressant tantôt les plus basses adulations, tantôt mettant leurs projets à découvert , nous faisant des menaces atroces et sanguinaires, soit pour détacher quelques-uns d'entre nous de la cause de ses frères, soit pour épouvanter les hommes faibles et les entraîner dans des démarches viles et déshonorantes , qui les rendront le jouet et la risée de nos éternels ennemis et un sujet de honte et de pitié pour les philantropes nos protecteurs, soit enfin pour les porter à la guerre civile et à se servir d'eux, comme de vils *instrumens nécessaires*, pour assouvir leurs affreuses vengeances ; peu importe à nos barbares persécuteurs, de quelle manière qu'ils réussissent, pourvu qu'ils accomplissent leur exécrable projet, *notre entière destruction.*

Nous ne l'ignorons pas ; nous connaissons leur criminelle intention , et comme si les temps et l'expérience ne nous suffisaient pas pour la connaître, nos protecteurs les philantropes, particulièrement les anglais,

A

dans leur tendre sollicitude pour nous, ont pris la défense de notre cause avec ardeur; ils ont fait plus, ils nous ont montré du doigt les moyens que nous devrions employer pour nous sauver.

L'Europe contemple, dans une circonstance aussi difficile pour le peuple haytien, quelle sera son attitude, sa détermination, son énergie ou sa faiblesse; du résultat de ses résolutions, doit dépendre la mesure de l'opinion que nos amis et nos ennemis concevront de nous.

C'est dans une telle circonstance que le publiciste, l'homme de bien, le patriote, doit faire tous ses efforts pour fixer l'opinion de ses concitoyens, sur leurs véritables intérêts; cette tâche difficile aurait pu m'effrayer, si mon zèle n'était soutenu par le motif le plus pur et le plus noble, celui d'être utile et de contribuer de tous mes efforts au bonheur de mes semblables.

Je ne remonterai pas à la source des événemens qui eurent lieu depuis l'origine de notre immortelle révolution, ce qui m'entraînerait au delà de mon sujet; je ne vous dépeindrai pas notre malheureuse patrie, déchirée par les diverses factions qui se succédaient sans aucun but d'utilité réel pour le pays, et qui cependant ont fait couler des flots de sang haytien inutilement pour la patrie, jusqu'à ce que poussé à bout par les injustices et les atrocités de nos tyrans, nous fûmes éclairés sur nos vrais intérêts, en proclamant notre glorieuse et immortelle indépendance, seule base où reposent notre bonheur et la garantie de notre existence.

A peine fûmes-nous constitués indépendans, que les implacables ennemis des haytiens et de l'humanité, les ex-colons de Saint-Domingue, indignés de voir s'élever dans l'océan occidental, un empire de noirs et jaunes qui, dans quelques années de paix, aurait étonné l'univers par sa puissance et son organisation politiques, et renversé par un exemple frappant l'écha-faudage des sophismes et des odieuses calomnies de nos détracteurs; les ex-colons, dis-je, résolurent dans leur rage d'étouffer notre indépendance, encore dans son berceau; d'une main invisible ils fomentèrent les passions, attisèrent les haines, ourdirent leurs trames perfides, et nous plon-gèrent dans les horreurs de la guerre civile, seul but où tendent tous leurs vœux et leurs efforts; mais ils se trompèrent grossièrement dans leur attente; ils furent déjoués dans leurs affreux calculs, et leurs machinations perverses retournèrent contre eux-mêmes. Les rênes du gouvernement tombèrent dans les mains d'un grand homme, dont le génie et la sagesse confondirent l'espoir de nos tyrans ; et la liberté et l'indépendance du peuple haytien furent assises sur les bases inébranlables de la monarchie.

Depuis le règne glorieux de Sa Majesté, les vices dissolus que les français nous avaient laissés disparurent totalement ; nos mœurs s'épurèrent, la nation s'avança à pas de géant vers les lumières et la civilisation ; nous reçûmes des institutions et des lois qui honoreraient les peuples les plus policés. Le Souverain parvint à établir dans toutes les branches de l'administration de l'état, cet esprit d'ordre qui nous fit atteindre ce haut degré de force, d'amélioration et de prospérité où nous sommes parvenus maintenant.

Pendant que la guerre se faisait avec acharnement en Europe, nous jouissions de la paix ; nos regards étaient sans cesse tournés vers les grands événemens qui allaient décider du sort des peuples ; nous admirions les grands et magnanimes efforts des souverains de l'Europe, pour repousser la tyrannie de Buonaparte ; nous regrettions de ne pouvoir nous trouver sur le champ de bataille, où se livraient tant de glorieux combats ; nous faisions des vœux pour le succès d'une cause juste, pour la libération des peuples.

Nous vîmes avec satisfaction la chute de cet oppresseur du monde, et le rétablissement de la maison des Bourbons sur le trône de ses ancêtres nous avions lieu d'espérer que sa majesté Louis XVIII, instruite à l'école du malheur et de l'adversité, ayant fait une longue résidence en Angleterre, chez un peuple aussi éclairé, en aurait adopté les principes philantropiques ! Vain espoir ! A peine ce monarque est-il remonté sur le trône de ses pères, que les ex-colons de Saint-Domingue l'entourent, l'obsèdent de leurs clameurs ; un ministre déhonté, ex-colon lui-même, commence par envoyer trois espions pour semer le trouble parmi nous, compromet les intérêts de sa patrie et avilit l'autorité de son souverain, au lieu de traiter franchement et loyalement avec nous.

Les mêmes hommes qui avaient entraîné Bonaparte à entreprendre son exécrable expédition contre Hayti, ont l'infamie d'écrire, de publier sous les yeux des censeurs royaux à Paris, de solliciter sa majesté Très-Chrétienne d'entreprendre une nouvelle croisade, d'envoyer à deux mille lieues de son royaume une armée de satellites pour exterminer, noyer et faire manger par des chiens une population entière, et de n'épargner que les enfans de l'âge de six ans ! Son ministre nous fait insinuer par des espions qu'il faut reprendre les chaînes de l'esclavage, renoncer à nos droits, recevoir nos bourreaux dans notre sein ou nous résoudre à voir notre race entière exterminée et substituée par une autre !!! Quelles horreurs ! Quelles abominations !!!

C'est dans les momens de crises, c'est dans les circonstances extraordinaires que les grands hommes impriment à leurs actions leurs nobles caractères. O mes compatriotes ! où en serions-nous, si nous eussions eu un homme faible et sans énergie à notre tête ? un homme qui n'aurait pas eu assez d'habileté et de sagesse pour méditer, discerner et dévoiler les plans atroces et machiavéliques du cabinet français ! Je vous le demande ô haytiens qui n'êtes point égarés par aucun esprit de vertige et de passion ! où en serions-nous ? Nous observerons, pour rendre justice à la vérité, à la sagesse et à la pénétration du Roi, notre auguste souverain, que nous n'avions encore reçu aucune nouvelle d'Europe ; nous ne savions encore rien de positif des dispositions du cabinet français à notre égard ; nous attendions même à voir reconnaître notre indépendance, d'un moment à l'autre, par sa majesté Louis XVIII. Nous étions dans cette attente, lorsque le Roi reçut la lettre astucieuse de Dauxion Lavaysse ; malgré les basses adulations et les promesses flatteuses qui furent faites à Sa Majesté, son grand cœur qui ne voit de bonheur réel que dans celui de son peuple, a rejeté avec la plus profonde indignation des offres qui ne s'étendaient pas sur la généralité des haytiens. Sa Majesté, ne prenant conseil que de la droiture de son cœur et de ses sentimens, convoqua le Conseil Général de la Nation, et mit à sa délibération les mesures qu'il voudrait prendre pour le salut de la patrie ; ces vertueux et dignes haytiens justifièrent la confiance du Monarque ; ils renouvellèrent unanimement la résolution que nous prîmes le 1er Janvier 1804, *de vivre Libres et Indépendans, ou Mourir.*

De quels sentimens d'enthousiasme ces braves fondateurs de l'indépendance durent-ils être animés lorsque le Roi, dans les termes les plus énergiques, sanctionna en plein conseil leur héroïque détermination !

A

A peine cette célèbre résolution fut prise, que le traître Agoustine Franco, dit Médina, espagnol francisé par Bonaparte, tomba en notre pouvoir en remplissant son rôle d'espion; son interrogatoire, les instructions du ministre Malouet, dont il était porteur, ont mis dans son grand jour toute la scélératesse du cabinet français, et justifie pleinement la résolution du Conseil Général de la Nation, approuvée par le Roi.

Il fut célébré, à cette occasion, un *Te Deum*, dans l'église métropolitaine de la capitale, en actions de grâces au Tout-Puissant, qui a permis dans sa bonté infinie, que nous fussions éclairés sur les projets de nos ennemis, et de nous les avoir livrés, pour ainsi dire, pieds et poings liés.

Sa Majesté ordonna que les instructions secrètes du ministre Malouet, à Dauxion Lavaysse, Médina et Dravermann, seraient imprimées pour leur donner toute l'authenticité possible, à l'effet d'éclairer le peuple haytien sur les véritables intentions du cabinet français, et de mettre sous les yeux de toutes les nations son exécrable projet à notre égard.

Sa Majesté, par sa Proclamation énergique du 11 Novembre, annonça au peuple cet événement, et la termina par ces paroles remarquables:

« Haytiens! n'ayons qu'un seul but, qu'une seule et même volonté; » n'aspirons plus qu'à exterminer nos ennemis; l'univers entier nous » observe, notre cause est la plus juste qui ait jamais existé; portez vos » regards sur votre Roi, et préparez-vous à nous suivre dans les combats; » nous vous conduirons à la victoire et à la vengeance; nous vaincrons, » nous consoliderons vos droits, la liberté et l'indépendance, sur les » cadavres et les débris de nos tyrans »!....

Jamais Souverain n'a montré plus d'amour, de sagesse et de fermeté pour le salut de son peuple que Sa Majesté, dans une circonstance aussi difficile.

C'est à présent que nous avons sous les yeux les plans de conquêtes de Desfourneaux, les mémoires des Drouin de Bercy, des Berquin, des Charault, des Malenfant, etc. c'est à présent que nous pouvons apprécier la justesse et la profondeur des pensées du Roi, et que dans notre admiration nous nous sentons pressés d'adresser au Tout Puissant, des actions de grâces pour nous avoir donné un Souverain qui puisse nous diriger avec tant de sagesse et de fermeté dans une circonstance aussi épineuse,

Il n'est pas un haytien qui n'ait l'intime conviction, que tous les malheurs de nos guerres civiles, ne soyent l'ouvrage du cabinet français influencé par les ex-colons de Saint-Domingue; personne n'ignore leurs efforts pour diviser la population d'Hayti, et qu'ils ont toujours la criminelle intention de se servir des haytiens de couleur et noirs anciens libres, comme les *instrumens nécessaires* de leurs vengeances.

O déplorable aveuglément! ô étrange fatalité! personne ne l'ignore, et les haytiens de couleur poussés comme par une main invisible, ont été entraînés constamment à combattre contre leurs intérêts et leur propre cause.

O vous haytiens de ma couleur à qui je m'adresse maintenant, serez-vous toujours aveugles sur vos véritables intérêts? Serez-vous toujours insensibles aux cris de vos consciences, à la voix de la patrie qui vous appelle dans son sein pour repousser nos tyrans?

Ne croyez pas d'abord que je vais m'ériger en Aristarque, en faisant une censure sévère de vos actions; je le sais, l'homme n'est que faiblesse et erreur; ce n'est pas des conseils non plus que je prétends vous donner, vous pourriez croire qu'ils me sont dictés par la passion; un tout autre motif m'anime; le seul intérêt de mon pays, vos propres intérêts me portent à vous tenir le langage de la vérité.

C'est par un simple exposé des faits, c'est par des preuves en mains que je vais vous montrer l'abîme entr'ouvert sous vos pas, et déjà prêt à vous engloutir; vous êtes assez grands, assez éclairés; vous prendrez conseil de vous même; c'est à vous de vous perdre ou de vous sauver, quelque soit votre résolution, j'aurai l'intime conviction et la douce satisfaction d'avoir rempli envers ma patrie et mes semblables, un devoir bien cher à mon cœur.

Je vais offrir des espérances et apporter des consolations aux hommes justes et de bonne foi, à ceux qui conservent dans leurs cœurs le doux sentiment de l'amour de la patrie, qui entendent encore la voix de la raison et de l'équité.

Loin de moi la pensée de supposer à des hommes, mes compatriotes, des crimes qui n'ont peut-être jamais entrés dans leurs cœurs, et de m'arrêter sur des imputations vagues et calomnieuses, je vais faire seulement un examen des pièces authentiques que j'ai sous les yeux ; comparer vos actions avec ce que ces pièces vous accusent ; vous convaincre par les résultats de la conduite que vous avez tenue envers votre patrie , vos concitoyens et vous mêmes, et je verrai ce que vous avez fait pour vous justifier de ces odieuses imputations.

Je prends d'abord les pièces les plus authentiques , les plus officielles qu'il soit possible d'exhiber , ce sont les lettres de créance et les instructions de M. Malouet, ministre de la marine et des colonies de sa majesté Louis XVIII, à MM. Dauxion Lavaysse, Médina et Dravermann. Les originaux de ces pièces, signés de la propre main de M. Malouet, sont déposés dans les archives du Roi ; vous en avez reçu copies imprimées qui vous ont été adressées......

Je prends donc ces fameuses pièces , et je lis les passages suivant :

« 1°. Il faudra de concert avec Péthion aviser aux moyens de faire
» rentrer sur les habitations et dans la subordination le plus grand
» nombre de noirs possible , afin de diminuer celui des noirs libres,
» Ceux que l'on ne voudrait pas admettre dans cette dernière classe et
» qui pourraient porter dans l'autre un esprit d'insurrection trop dange-
» reux devront être transportés à l'île de Ratau ou ailleurs ».

L'île de Ratau ou ailleurs ; c'est-à-dire noyer , déporter , pendre , brûler , etc. enfin , le même système des Leclerc , des Rochambeau et des Darbois , etc. Je continue ; Malouet s'exprime ainsi :

» Cette mesure doit entrer dans les idées de Péthion , s'il veut assurer
» sa fortune et les intérêts de sa caste ; et nul ne peut mieux que lui
» disposer les choses pour son exécution lorsque le moment en sera venu.
En sera venu ! Cela s'entend à merveille ! c'est-à-dire lors de l'arrivée de l'armée française.

» 2°. Autant qu'on en puisse juger actuellement d'ici , il paraît que le
» point le plus important est de tomber d'accord avec le parti de Péthion
» et que , cela fait , il serait facile de réduire celui de Christophe (c'est
» Malouet qui parle) à l'obéissance sans grande effusion de sang , etc »

Je vous le demande , général Pétion , Dauxion Lavaysse a-t-il suivi exactement le plan qui lui a été tracé par l'infâme Malouet ?

» 3°. A Pétion, Borgella et quelques autres (toutefois que la couleur les rapproche de la caste blanche) assimilation entière aux blancs et avantages honorifiques ainsi que de fortune ».

Quelle bêtise ! bel honneur d'être assimilé aux blancs !

Je prends le Numéro 413 de l'Ambigu de M. Peltier , du 20 Septembre 1814, page 666, dans le rapport du général Desfourneaux sur son projet de conquête d'Hayti , je lis ce qui suit : « D'ap... la » lettre que j'ai reçu d'un général de couleur fort connu , lettre que j'ai » mise sous les yeux de votre commission, etc ».

Il est certain d'après cela , qu'il y a un général de couleur qui aide M. Desfourneaux de sa plume , dans ses plans de conquête sur Hayti.

Dans le numéro 415 de l'Ambigu , du 10 Octobre , page 62 , nous lisons : « La grande force militaire que M. Charault recommande de faire » partir pour la conquête de cette Toison d'or , est de 20,000 hommes. » Mais surtout il faut flatter les mulâtres ; sans les mulâtres point de » salut. Des deux chefs qui se disputent la souveraineté de Saint- » Domingue , Pétion , dit-il , est celui qui a le plus de ressources (*ce* *Monsieur-là connaît bien St-Domingue comme on voit !*)» Pétion a » reçu son éducation en France ; Pétion y a fait ses premières armes ; » Pétion est avide de gloire et d'honneur ; Pétion sera peut être le » plus facile à gagner ; il suffira de flatter l'amour propre de Pétion, et » d'intéresser la vanité de Pétion par l'offre d'un emploi supérieur. » Puis de la fermeté , puis de la résolution , puis marche en avant , tout » rentre dans l'ordre dans l'espace d'une année ; et il faut qu'au bout de » ce temps , il ne reste plus que quelques nègres marrons dans les » mornes ».

Dans le même numéro , page 63 : « M. Berquin n'exige pour sou- » mettre les 20,000 hommes armés , à quoi il réduit les 60 mille qui y » existent , que six à huit mille hommes , pourvu qu'ils soient com- » mandés par le général Hédouville, accompagné de M. Daure pour » intendant , et d'un évêque nommé par le roi. J'ose assurer , dit-il , » page 23 , que la réalisation d'une telle mesure , d'après les notes et » indications *reçues à ce sujet de la part du général Pétion et des*
» *autres*

» *autres principaux chefs* , et mûrement réfléchies , amenerait l'ordre
» et la paix dans l'intérieur de la Colonie , avant l'expiration complète
» des trois mois qui suivraient la promulgation authentique de cette
» grande et salutaire détermination ».

N'est-il pas clairement démontré d'après ces preuves, que les Malouet ,
les Desfourneaux , les Charault, les Berquin et autres, enfin le cabinet
français et toute la clique des ex-colons , fondent tout leur espoir sur les
haytiens de couleur , qui seront les instrumens nécessaires qui doivent
être employés afin que les français parviennent à exterminer les noirs
ou les replonger dans les horreurs de l'esclavage ? A cette pensée mon
sang se glace dans mes veines ! Malgré les écrits que j'ai sous les yeux,
non , je ne puis croire qu'un haytien pourrait se rendre coupable d'un
crime aussi horrible ! !

Poursuivons notre examen, le temps éclaircira nos doutes , en atten-
dant ne jugeons les hommes que sur leurs actions. Un jacobin , un
républicain français embrassent bien aujourd'hui un émigré, un royaliste ;
je puis donc bien dire à un haytien : mon frère sans vous offenser, vous
vous êtes égaré, vous vous perdez ; je ne puis en conscience, lorsque je
vous vois arrivé au bord de l'abîme prêt à vous y précipiter ; je ne puis
consciencieusement songer que vous êtes haytien, sans m'écrier arrêtez ! ! !
arrêtez ! ! ! regardez devant vous ! ! !

Je prends les pièces relatives aux communications qui vous ont été
faites, au nom du gouvernement français, par M. le général Dauxion
Lavaysse , député de S. M. Louis XVIII.

Ce Dauxion Lavaysse n'est point un député , comme vous voulez
bien le qualifier ; il n'est revêtu d'aucun caractère qui lui donne ce
titre ; ce n'est qu'un véritable espion, dans toute l'étendue du mot. Vous
auriez dû faire imprimer en tête de vos pièces comme cela se pratique,
sa lettre de créance, ses plein pouvoirs , ses instructions pour traiter ou
entrer en négociation avec vous ; on aurait pu y lire les passages suivans :
Je ne vous donne donc point une mission spéciale, ce qui serait au-
dessous de la dignité du Roi. Plus loin le ministre Malouet, s'exprime
ainsi : *Ils passeront à Saint-Domingue et ne s'y montreront d'abord*

G

que comme gens qui viennent préparer pour leur compte, ou pour celui de quelque maison de commerce, des opérations de ce genre etc. de s'informer de nos moyens intérieurs etc. de préparer les esprits etc. Voilà la véritable mission des trois espions de Malouet, voilà précisément celle que Dauxion Lavaysse a remplie au Port-au-Prince. Il s'est informé de vos moyens intérieurs, il a préparé les esprits ; c'est en un mot ce qu'un espion fait quand il entre dans une place assiégée.

Ecoutez maintenant ce que l'on dit à Londres, de ces trois espions :

« Ces missionnaires, sans mission, sont partis de Londres le 15
» Juillet, ils seront arrivés à la Jamaïque au commencement de
» Septembre. A peine auront-ils eu entamé leur négociation et fait des
» propositions conciliatoires, que les chefs d'Hayti liront dans les papiers
» publics, le rapport dans lequel il a été proposé à Paris, le 16 Septembre,
» d'envoyer sur-le-champ une grande force de terre et de mer à Saint-
» Domingue, *afin d'aborder franchement et loyalement la grande*
» *question de l'état des noirs !* Chacun des chefs d'Hayti n'aura-t-il
» pas le droit de leur dire, alors comme Zopire :

Vous nous parlez de paix, votre cœur en est loin.
Pensez-vous nous tromper ?

« Peut-on alors se figurer sans frémir la position dans laquelle se
» trouveront ces trois malheureux, convertis par ce rapport en *espions ?* »
Ambigu, N°. 413, page 671.

Voilà le député que vous avez accueilli, l'associé criminel de Médina et Dravermann, l'espion de Malouet ; l'insolent qui vous avait écrit que vos concitoyens seraient traités comme des sauvages malfaisans ou traqué comme des nègres marrons, ne méritait pas, sans doute, d'être accueilli parmi vous, *avec confiance.*

J'aborde avec un sentiment d'amertume le passage suivant, que je transcris tout au long.

« Ne craignant pas la guerre, vous avez voulu prouver que vous
» désiriez la paix, et éviter à vos familles, à vos enfans ce qu'elle
» entraîne d'affligeant après elle, en offrant des sacrifices pécuniaires
» pour imposer silence à vos persécuteurs, dont les cris et les plaintes

» importunent le trône français pour la restoration de biens, qu'ils crai-
» draient d'aborder, s'ils pouvaient se *convaincre* qu'ils seraient à leur
» approche transformées en cendres brûlantes. Vos chefs dépositaires
» de vos intentions, généralement exprimées, surtout depuis la paix
» continentale, en ont fait la proposition généreuse en votre nom, elle
» vous honore et donnera l'idée de votre sagesse autant qu'elle fera
» craindre d'exciter votre ressentiment. »

Vous voilà donc à la veille d'être tributaires des ex-colons de Saint-Domingue! de ces bourreaux qui ont persécuté nos pères pendant des siècles entiers!

Quoi! lorsque vous dites que la France a fait la paix, qu'elle réclame des droits sur Saint-Domingue, qu'elle les a perdus pour toujours sur Hayti; quelques lignes plus bas, vous offrez des sacrifices pécuniaires pour imposer silence à vos persécuteurs! Des haytiens tributaires des ex-colons! Pouvez-vous y penser sans frémir d'horreur; quel est le vil haytien qui voudrait acquitter sa quote part de ce tribut honteux!!

De quels droits! Hé pourquoi seriez-vous les tributaires de nos persécuteurs? La terre de notre patrie nous appartient par droit de conquête; jadis elle appartenait aux infortunés indiens; ses vrais propriétaires en furent dépouillés et exterminés; elle passa aux espagnols par le droit du plus fort; les français acquérirent une partie de cette île sur les espagnols, par le même droit; à notre tour nous en avons dépouillé, exterminé nos oppresseurs; la terre nous appartient par le droit du plus fort et par droit de justice; c'est le pays qui nous a donné le jour, le seul que nous puissions habiter honorablement, où nous puissions lever la tête et jouir de nos droits civils et politiques. Quelle est donc la nature de ce tribut que vous voulez payer à vos persécuteurs pour leur imposer silence? C'est donc vos personnes que vous allez acheter. Quoi! les torrens de sang que vous avez versé pour conquérir la liberté et vos droits, vingt-cinq ans de sacrifices et de glorieux combats ne sont donc point d'un prix assez précieux à vos yeux? Il faut que vous en fassiez encore de pécuniaires; il faut qu'après avoir engraissé vos bourreaux de votre sang et de vos sueurs, pendant des siècles entiers, il faut encore que votre sang et vos sueurs coulent pour payer tribut à ces infâmes colons! C'est donc pour les meurtriers d'Ogé et de Toussaint Louverture, pour nos plus mortels ennemis, pour nos plus acharnés persécuteurs [vous même le dites] que désormais seront destinés les fruits de vos sueurs et de vos laborieux travaux ? Avez-vous donc oublié nos longues et cruelles infortunes ? Auriez-vous perdu toute espérance de bonheur pour vous abandonner à cet excès de faiblesse ? Ne craignez-vous pas d'entendre ces paroles terribles : Allez vils haytiens, allez servir vos maîtres, retournez à la condition de la brute; vous êtes indignes des miracles que Dieu avait opérés en votre faveur, en vous rendant à la qualité d'hommes libres, en vous aidant à briser vos fers !

Quoi ! vous ne craignez pas la guerre, et sans vous êtes mesurés avec l'ennemi, un énergumène, un espion vient de deux mille lieues de son pays; vous flatte, vous menace, vous insulte; et sans avoir brûlé une amorce vous tombez à genoux ! Vous parjurez le serment sacré que vous fîtes lorsque nous proclamâmes notre glorieuse indépendance. Biffez donc vos signatures sur cet acte immortel; biffez les noms des Geffrard, des Féroud, des Jean-Louis François et de tant d'autres guerriers qui ne sont plus, et dont le sang avait coulé pour la liberté et l'indépendance de leur patrie ; déchirez cet acte célèbre, monument de notre gloire, vous l'avez violé, foulé aux pieds dans ses articles les plus sacrés !

Serait-ce donc vrai ce que disent les français ? Auriez-vous la criminelle intention de livrer nos frères ? malgré les preuves accumulées que nous avons sous les yeux, nous ne pouvons encore y croire. *Instrumens nécessaires* de la ruine de votre patrie, du massacre, de l'esclavage, des tortures, des noyades, etc. etc. etc. de vos concitoyens, pouvez-vous lire sans frémir d'horreur ces abominations ? Justifiez-vous aux yeux de l'univers, de vos concitoyens, de vous-même, de ces odieuses imputations ? Eh ! ce n'est que par votre conduite que vous pourriez vous en justifier ! C'est par des faits, des actions, que vous nous prouverez le contraire, sans quoi nous y croirons malgré nous.

C'est avec le même sentiment d'amertume que nous avons lu les paroles outrageantes que ce profond scélérat s'est permis de proférer

contre

contre les étrangers qui commercent avec Hayti, particulièrement contre la noble et généreuse nation britannique. Ce n'est pas à Paris seulement que les français outragent les anglais; nous en avons des preuves!

Voici le passage de ce misérable scribe, page 15.

« Après avoir été vos sang-sues, ils voudraient jouer à présent le
» rôle des hyènes et des jakals, qui rodent autour des lions, des tigres
» et des autres grands animaux pour se partager les restes des carcasses
» que ceux ci dédaignent. Tels sont l'instinct et l'intention de ces êtres
» vils et pervers, qui ne soupirent qu'après les guerres civiles et les
» conflagrations, soit pour avoir un prétexte de s'approprier les fonds de
» leurs commettans, soit pour se gorger de nos dépouilles et se réjouir
» de nos malheurs. »

Quelles abominables pensées, bien dignes d'un compatriote de Robespierre!

Les lions, les tigres et autres grands animaux, sont les français; les anglais et les américains sont les hyènes et les jakals, et les haytiens sont les cadavres dont les français leur abandonnent les carcasses qu'ils dédaignent. Ce qui signifie, mot pour mot, qu'Hayti, nos biens, nos personnes, sont aux français; que nos sucres, nos cafés, nos cotons appartiennent aux français, et que les productions que les français dédaignent, seront pour les anglais et les américains.

La phrase qui suit, corrobore cette affreuse figure de rhétorique, comme si elle n'était pas assez claire pour être entendue.

Mais nous sommes tous français Monsieur le Président, etc.
« Que la France et son excellent monarque ne doivent pas la possession
» de ce pays à la nécessité, mais aux sentimens vraiment français, et
» à la loyauté de ses habitans. Votre Excellence est digne d'opérer ce
» grand œuvre ».

Misérable! comment avez vous osé insulter les honnêtes négocians d'une grande Puissance à qui vous devez les plus grandes obligations, qui vous a fait don libéralement de vos colonies qui étaient en son pouvoir; une puissance qui a eu la générosité de rétablir sa majesté Louis XVIII sur le trône de ses pères, quant elle pouvait démembrer

B

la France et la plonger dans les plus grands malheurs ! Misérable ! comment osez-vous dire à des haytiens qu'ils sont tous français, et avez-vous encore l'audace de parler de guerres civiles et de conflagrations ? quant c'est vous qui rôdez autour de nous pour attiser cette guerre civile que vous même avez allumée ; quand vous faites tous vos efforts pour la perpétuer et nous donner la paix des tombeaux ! Ah ! c'est vous français qui êtes des vrais hyènes et des jakals ; vous qui n'aspirez qu'au moment où vous pourrez vous gorger de notre sang et de nos cadavres !!!

O haytiens ! comment avez-vous pu supporter froidement qu'on insultât une grande nation, qui défend avec autant de chaleur et de zèle, la cause des noirs ? une nation qui a préféré renoncer à ses propres intérêts pour contraindre les puissances européennes d'abandonner la traite, ce trafic honteux et inhumain ?

Comment avez-vous pu écouter froidement les honteuses déclamations de cet espion ? entendre avec calme ses odieuses propositions, accueillir ses louanges, souffrir, qu'au mépris du nom de *Haytien* que vous portez, qu'il vous qualifiât du titre de français ? n'avoir pas relevé cette insolence, n'est-ce pas un consentement tacite que vous lui avez donné que vous pourriez devenir français ? Comment pouviez-vous lui dire que vous agissiez sans aigreur, ni prévention contre la nation française ? le prier d'appuyer vos propositions auprès du gouvernement, et que vous terminiez par lui donner des preuves éclatantes de la haute considération qu'il a su vous inspirer, et dont vous vous plaisiez à lui réitérer le témoignage ?

J'ai lu encore dans cette pièce un passage qui m'a frappé ; ce sont les adieux de Dauxion Lavaysse, qui tel qu'un comédien, déjoué dans ses intrigues, abandonne le théâtre en vomissant des imprécations de n'avoir pu réussir complétement à exécuter ses affreux desseins : Voici comme il s'exprime : « J'ai l'honneur de vous remercier des choses honnêtes » qui me sont personnelles, à la conclusion de votre lettre : si je ne les » mérite pas par le stérile et triste résultat de ma mission, ceux qui ont été » témoin de mon zèle, de mes efforts, je dirai même de mes angoisses » morales, durant une longue et accablante maladie, me rendront du

» moins la justice de dire que je n'ai rien négligé pour arriver à un
» résultat heureux ; et que je n'ai pu être découragé, ni dégouté par les
» machinations perverses et journalières de nos ennemis, qui sont aussi
» les vôtres : et contre lesquels, je vous le prophétise, Monsieur le
» Président, vous serez un jour aussi indigné que je le suis ».

Il nous reste à deviner quels sont ces ennemis qui ont dérangé
M. Dauxion Lavaysse dans ses plans, par leurs machinations perverses
et journalières : serait-ce nos amis les anglais ou nous ? peu m'importe,
pourvu qu'il ait été déjoué dans ses intrigues.

Cependant, nous lisons dans la gazette anglaise de la Jamaïque,
dite *St-Yago Gazette*, sous la date du 10 Décembre 1814, l'article
suivant :

« La goëlette parlementaire haytienne messager, capitaine Morret,
» est mouillée hier Vendredi, sortant du Port-au-Prince en six jours ;
» le général Dauxion-Lavaysse y est venu passager et il paraît que
» Pétion est disposé à recevoir les français ».

Lisez cette gazette, vous y verrez ces mots fidèlement traduits ; nous
ne parlons et nous n'écrivons que sur des pièces.

Haytiens de ma couleur, quelques soient vos grades, qualités et
professions, je vous avait promis de comparer vos actions avec ce que
les français vous accusent ; par la nature des événemens qui se sont
passés dans le royaume, par les pièces que vous avez sous les yeux,
votre jugement doit être suffisamment rectifié pour discerner la vérité !

O vous qui, par vos talens, vos services et vos lumières, conservez
une influence sur vos concitoyens, c'est à vous maintenant, en général
et individuellement, à qui je m'adresse ! méditez, réfléchissez dans vos
consciences ces écrits et les grandes vérités que je vais vous dire ; étouffez
dans vos cœurs tout sentiment de haine et d'animosité ; écartez les
passions ; prenez pour guide la raison, l'équité, votre patrie, vos
intérêts, et vous embrasserez les grandes considérations que je vais vous
mettre sous les yeux.

Vous avez bien pu entendre avec calme un français qui vous a fait
d'odieuses propositions, à deux mille lieues de son pays ; vous écouterez
bien un haytien, votre compatriote, qui ne vous tiendra que le langage

de la vérité, la vérité! rien ne peut la faire changer; elle est inaltérable !
Celui qui tient son langage est toujours sûr d'être écouté, et les hommes
justes aiment à l'entendre lors même qu'elle est sévère.

Le génie du mal craint la lumière, et vit dans les ténèbres; l'homme
de bien désire, demande qu'on l'éclaire, et les lumières de la vérité en
ont sauvé plusieurs.

Je vais donc vous poser les questions suivantes :

Y a-t-il un haytien parmi vous, assez de mauvaise foi pour nier que
tous nos malheurs, toutes nos divisions, toutes nos guerres civiles ne
soient l'ouvrage du cabinet français influencé par les ex-colons de Saint-
Domingue ?

A cette question que pouvez-vous me répondre ?

C'est vrai, c'est la vérité.

Y a-t-il un homme parmi vous qui aurait assez d'iniquité, de nier
que la politique française a toujours été d'armer une partie de la population d'Hayti contre l'autre; et que les haytiens de couleur et les anciens
noirs libres ont toujours été dans toutes les phases de la révolution *les
instrumens nécessaires* que les *blancs* ont employé pour exécuter
leurs affreuses vengeances, *notre entière destruction* ?

Vous ne pouvez encore que me répondre : *C'est vrai, c'est la vérité !*

Or, ces faits posés, à moins que vous ne soyez déjà français ou disposés à
servir d'instrumens aux français, les armes doivent vous tomber des mains.

Mais je sens ici qu'une foule d'objections se présentent devant vous !
Vous voulez bien déposer les armes, car il répugne sans doute à votre
cœur de combattre encore contre votre patrie et vous même ; mais vous
avez des inquiétudes; la garantie de votre existence, votre sûreté, etc. etc.
Je vous répondrai, en temps et lieux, à toutes ces objections, sans déranger
dans ce moment l'enchaînement de mes argumens.

Je continue. Si une voix imposteur s'élevait parmi vous pour me donner
le démenti, que nos malheurs, nos divisions, nos guerres civiles ne soient
pas l'œuvre infernal des français; je lui répondrai : lisez l'histoire de nos
guerres civiles; lisez tous les mémoires et plans des ex-colons de Saint-
Domingue, sur les projets de destruction du peuple haytien ; lisez
attentivement

attentivement les instructions du ministre français Malouet, à ses trois espions; il dit positivement que les haytiens de couleur sont les *instrumens nécessaires* que le gouvernement français doit se servir pour subjuguer, détruire et plonger dans les horreurs de l'esclavage les noirs; *Instrumens nécessaires !* Cette sentence de Malouet, fait à elle seule l'histoire de nos guerres civiles !!!

C'est ainsi que le général haytien Rigaud, fut l'instrument nécessaire employé par le général français Hédouville. Comparez le sort qu'éprouva le général Rigaud, avec celui de l'infortuné gouverneur Louverture; tous deux furent déportés par les français. Rigaud fut protégé par Buonaparte, il revint, il revit son pays, ses parens, ses amis, parce qu'il avait servi constamment la cause des français; mais l'infortuné Louverture finit ses jours dans les horreurs d'un cachot, pour avoir servi toujours la cause de ses frères et de son pays.

Pour mieux vous convaincre encore que Rigaud n'était que le fatal instrument nécessaire des français, écoutez les propres paroles de l'ex-colon Berquin, dans son mémoire; il n'exige que six à huit mille hommes pour nous vaincre, pourvu qu'ils soient commandés par le général Hédouville, accompagné de M. Daure pour intendant et d'un évêque nommé par le roi, etc.

Il est donc constant que les haytiens de couleur ont été le funeste instrument nécessaire employé par les ennemis d'Hayti, pour accomplir l'œuvre infernal de notre destruction. C'est un fait prouvé, c'est incontestable. Voyons maintenant la secrète pensée des ex-colons et du cabinet français à l'égard des haytiens de couleur, de qu'elle manière ils ont été récompensés, et les récompenses qui les attendent pour les bons et loyaux services rendus aux français et aux ex-colons.

A l'arrivée de Leclerc dans ce pays, les haytiens de couleur et noirs anciens libres furent les premiers et les plus empressés de se rendre aux français; après avoir servis fidèlement, combattus même avec acharnement pour les français; ô vous à qui je m'adresse maintenant, quelle a été leur récompense ? N'ont-ils pas été jetés dans des prisons flottantes qualifiées du nom d'étouffoirs, suffoqués, noyés ou pendus, bayonnettés,

E

etc. que sont devenus les Lamahotière, les Berger, les Larivière ? etc. N'est-ce pas ainsi qu'ils ont été traités ? Ceux qui ont échappé à la fureur de ces monstres et aux supplices, ne furent-ils pas obligés de fuir dans les bois pour y chercher leur salut, parce que l'on n'avait plus besoin de leurs services ? C'est ainsi que l'on brise les instrumens nécessaires quant ils ne sont plus bons à rien.

Eh bien! n'ont-ils pas été fort heureux de trouver leur salut dans les bras des noirs leur frères, de ces hommes généreux qui les ont accueillis et embrassés comme leurs enfans ?

Moi-même qui vous parle, j'étais alors du nombre des instrumens nécessaires ; pour éviter la mort que nos bourreaux me préparait, j'ai fui dans les bois pour chercher mon salut. N'ai-je pas trouvé dans le sein de ma souche maternelle, pères, mères, frères, amis qui m'ont accueillis avec des transports de joie et de la plus pure amitié ? Puis-je oublier cet instant où je me précipitai dans les bras de mes frères que j'avais malheureusement combattus! Quel remords n'éprouvai-je pas quant au lieu des reproches que je croyais recevoir, oubliant mon ingratitude ou plutôt mon erreur, ils m'accueillirent dans leur sein avec une tendresse vraiment paternelle ! Dès ce moment je prononçai le serment de ne jamais détacher ma cause de celle de mes semblables, et je périrai dans ces sentimens.

O! vous qui vous laissez endormir, encore, par des promesses fallacieuses; vous dont le souvenir des barbaries de nos tyrans, semble être effacé de votre mémoire, et qui courez à votre perte en servant les plans de nos plus acharnés persécuteurs, écoutez maintenant leurs propres paroles, le langage de leurs cœurs, enfin leur véritable pensée à votre égard.

Prenez le numéro 415, de M. Peltier, page 64, et lisez :

« Maintenant, que dit le fier M. Drouin de Bercy, à ces douces propositions de ses collègues; à ces cajoleries à Pétion et aux mulâtres, qui ont déjà envoyé des notes, des indications et qui donneront indubitablement leurs concours à M. Hédouville ; voici ses propres paroles, page (124 :)

» Il existe aux îles une baste particulière, mélange impur du blanc

» et du noir, et connue sous le nom de mulâtres. La nature, épouvantée
» d'horreur à la vue de ce monstre empreignit sur cet être en caractères
» ineffaçables, les traits de la férocité, joints à ceux de la perfidie la
» plus insige. Jaloux du blanc qu'il ne saurait égaler, le mulâtre s'irrite
» à la vue du noir qui lui a donné le jour, vil rebut de la nature, il ne
» voit dans ces deux couleurs que la preuve incontestable de sa dégra-
» dation, et le reproche éternel de son existence, le mulâtre en un mot
» possède les traits et les vices du blanc et du noir, sans en avoir aucune
» des vertus. Cette caste, contre nature, monument affreux de l'avilis-
» sement des blancs, disparaîtra si le gouvernement approuve les
» envois que je propose. »

Voilà cependant la secrète pensée de ces monstres qui veulent faire
de vous des instrumens nécessaires ! Voilà la secrète pensée de Dauxion
Lavaysse à votre égard; voilà enfin la pensée de cette tourbe de profond
scélérats, de cet assemblage impur de bandits, vils excrémens de la
nature, connus sous le nom d'ex-colons de Saint-Domingue; de cette
caste impie, l'écume et le rebut de sa nation, le fléau le plus cruel que
l'enfer ait vomit dans sa colère pour le malheur du genre humain!

Le colon né dans le crime, se nourrit de crimes et grandit dans le crime;
élevé dès son plus bas âge dans tous les genres de cruautés, ce monstre
naissant s'alimente de pleurs, de sang et de carnage, il croit dans ses
cruelles habitudes, et il devient bientôt par son naturel féroce, sem-
blable aux monstres qui lui ont donné le jour.

Cet être à figure humaine, pétri dans le crime, n'a rien d'humain que
l'apparence; l'orgueil, l'avarice, l'impudicité, la perfidie, la férocité, les
passions les plus hideuses sont ses divinités; inaccessible aux remords et à
la pitié; tout sentiment humain est banni de son cœur; pour satisfaire ses
passions il emploie tour à tour le poignard, le poison, la calomnie; que
dis-je, il égorgerait son père, son fils et son frère, de sa propre main!

Ceux-ci veulent-ils se soustraire à sa tyrannie, c'est alors que vous
l'entendez rugir tels que les animaux carnassiers du Désert; il sort de
sa tanière, il s'agite, il se tourmente; dans le délire de sa rage, ce
monstre, mille fois plus altéré de sang et de carnage que les tigres
et les hyènes de l'Hycarnie, tourne toute sa fureur contre sa propre

race ; il l'appelle par ses mugissemens, il l'excite au massacre ; les flots de sang humain qui vont inonder la terre, les monceaux de cadavres qui vont la fertiliser de nouveau, rien ne peut appaiser dans l'âme du colon la soif de sang qui le dévore, aucune considération ne l'arrête ; la nature entière périrait, il ne renoncerait pas à ses biens, à sa vengeance et à son affreux système !

C'est cependant pour de pareils monstres que vous êtes disposé à payer un aussi honteux tribut. Que dis-je, vous en avez accueilli un dans votre sein !...

Ah ! pourquoi la force de la vérité et le désir de vous sauver me portent à vous tracer de pareilles horreurs ! Que ne puis-je les ensevelir dans le plus profond abîme ! J'en ai honte moi-même ! Haytiens, mes frères, puissiez-vous être sensibles à la voix de l'honneur, de votre patrie, de votre salut ? faites un retour généreux sur vous même, et par un acte expiatoire qui vous honorerait, prouvez à l'univers et à vos compatriotes que vous avez pu errer un instant, mais que vous avez des sentimens dignes des haytiens !

Qu'espérez-vous de ces hommes pervers ? que pouvez-vous attendre d'eux ? le passé ne suffit-il pas pour vous éclairer ? Eh bien ! méditez le présent, il vous dévoilera l'avenir !

Haytiens de ma couleur, mes frères, c'est à vous particulièrement à qui je m'adresse ! qu'espérez-vous ? que comptez-vous devenir, en persistant dans cet état de choses ? voulez-vous servir d'instrumens nécessaires au cabinet français et servir la cause des infâmes colons ? vous connaissez leurs secrètes pensées et les récompenses qui vous attendent ; *la mort et l'ignominie ! !*

Quelques-uns d'entre vous, auraient-ils la criminelle intention de trahir leur patrie, leur propre cause qui est celle de leurs frères les noirs ? je leur dirai ; regardez autour de vous, vous n'êtes qu'une poignée ; du moment que le flambeau de la vérité aura dessillé les yeux et que les haytiens auront découverts vos exécrables projets, ces traîtres seront tous immolés ! que dis-je les traîtres de cette espèce, s'il pouvait y en avoir, seraient immolés par les haytiens de couleur même ! Dans le pays

qui

qui a vu naître des Geffrard , des Jean-Louis François , des Féroud qui ont combattu et versé leur sang glorieusement pour la liberté et l'indépendance ; on verrait dis - je s'élever de pareils hommes qui immoleraient ces traîtres , vengeraient leur patrie et leurs concitoyens ?

Plus je m'enfonce dans mon sujet , plus ma tâche devient difficile , plus je trouve d'obstacles à franchir. Amour de ma patrie , de mon Roi , et de mes compatriotes , soutiens mon courage ! éclaire mon esprit et ma raison , donne moi les lumières nécessaires pour que je termine cet ouvrage , avec des sentimens dignes d'un haytien ami de son pays !

Dieu bienfaisant répands sur les haytiens ta céleste clarté , fais briller à leurs yeux le flambeau de la vérité , fais tomber le voile de l'erreur , sauve - les du périls qui les menace , calme les passions , amollis tous les cœurs , fais que tous les haytiens réunis se donnent le baiser fraternel , qu'ils trouvent sous le toit paternel d'H E N R Y, avec l'entier oubli du passé , un bonheur pur et sans mélange , qu'ils ne peuvent trouver ailleurs.

Je continue ; le Roi notre auguste souverain , permet la liberté de la presse dans son Royaume , je ne puis en faire un plus digne usage.

Haytiens noirs et jaunes , notre cause est une , nos ennemis sont communs , il importe peu aux colons français qu'un noir tue un jaune , ou qu'un jaune tue un noir , c'est toujours un haytien de moins , un ennemi de moins , c'est autant de moins qu'ils auront à combattre.

Nous n'avons nul doute que les blancs français influencés par les ex-colons veulent se servir des haytiens de couleur , comme des instrumens nécessaires , ainsi qu'ils l'ont toujours faits , pour accomplir l'œuvre infernal de notre destruction ; nous avons vu quels ont été le sort et la récompense réservés , par ces hommes pervers , aux haytiens de couleur qui ont eu ou qui auront l'infamie de servir la cause des français , en combattant contre leur propre cause.

Nous avons prouvé victorieusement aux haytiens de couleur , qu'ils ne pouvaient avoir de salut que dans le sein des noirs , avec les noirs et par les noirs , qui les ont toujours accueillis dans leurs bras et traités comme leurs vrais enfans , ce que les blancs n'ont jamais fait ; il est constant que depuis le commencement de la révolution , les haytiens de couleur ont toujours tergiversés , tantôt pour les noirs , tantôt pour les blancs , et qu'ils ont toujours été victimes de leur inconstance. O vous à qui je m'adresse maintenant ! revenez-donc au véritable point de fixité , à votre propre cause , à celle des noirs , à celle des haytiens ; je vous l'ai déjà dit : notre cause est une et inséparable ; ne vous départez jamais de ce principe , vous vivrez heureux , vous jouirez dans le sein de vos frères d'un vrai bonheur ; si vous agissez différemment , vous creuserez vous - même vos tombeaux !!!

Je vous ai promis vérité , sincérité , franchise ! c'est mon *moto* , mon

F

Souverain me l'a donné ; toute ma vie , à l'aide de Dieu , je conserverai ce caractère dans toute sa pureté ! Je vous dirai donc la pure vérité ; je vous ai déjà promis de lever toutes les objections que vous pourriez me faire.

Je vais donc supposer toutes celles justes et raisonnables que vous pourriez faire ; car , je suppose que vous ne pouvez en avoir d'injustes et d'irraisonnables ! s'il en était autrement , je m'abstiendrai d'y répondre. Vous me direz donc : *que vos opinions n'appartiennent à aucune ambition personnelle de pouvoir ; vous n'envisagez que votre existence , votre sécurité et votre garantie contre toute espèce d'évènement.* Ce sont vos propres expressions , et c'est juste !

Ma réponse sera également juste et simple.

Votre existence , votre garantie et votre sécurité sont dans vous-même , dans la sincérité de vos cœurs ; car enfin que vous demande-t-on ? qu'exige-t-on de vous ? de suivre les lois , de les exécuter , de les faire exécuter ; d'aimer le Souverain et la patrie ; de servir avec zèle et fidélité ; en remplissant ces devoirs si doux pour un patriote , ami de son pays , qu'avez-vous à craindre ?

Vous aurez les mêmes garanties que nous ; c'est notre amour pour notre patrie , notre Souverain et nos concitoyens ; l'amour de nos devoirs , une conduite franche et loyale , qui forment notre garantie et notre sûreté , et qui sont celles des honnêtes gens de tous les pays ! Est-ce donc une chose si difficile pour des hommes de bien ?

S'il faut encore vous prouver , par des exemples , que vous n'avez rien à craindre , absolument rien à redouter ; je vous dirai : lisez l'histoire des guerres civiles de tous les temps et de tous les âges , vous y verrez de quelle manière elles se sont terminées ; vous y verrez les concessions que les souverains ont faites aux peuples , pour éteindre ces guerres civiles. Le temps et le malheur , ces deux grands maîtres de l'homme , démontrent souvent de grandes vérités : comme ces peuples , *rendez à César ce qui appartient à César ,* et Henry , remplissant les plus douces affections de son âme , fera luire sur vous des jours de paix , de gloire et de bonheur ! Enfans d'Hayti , cessez de déchirer le sein de votre mère bien-aimée ; par un retour généreux , rentrez sous le toit de la maison paternelle.

Haytiens ! si vous connaissiez notre état prospère , vous ne balanceriez pas moindrement à faire disparaître ces dissentions civiles , qui font la joie et l'espoir de nos plus cruels ennemis ; si vous étiez parfaitement instruits , vous sauriez que le premier coup de canon de réjouissance , que nous allons tirer , sera le signal de la reconnaissance de l'indépendance du royaume d'Hayti , par une grande puissance ! ! !

Pouvez-vous exister long-temps dans l'état de choses où vous êtes ? Qu'est-ce qu'une république ?

L'histoire de la république française et celle de toutes les républiques ,

est la meilleure définition que je puisse vous donner de ce genre de gouvernement ; peut-être que quelques hommes irréfléchis pourraient m'alléguer
l'exemple des romains , des Etats Unis d'Amérique ; je leur répondrai :
avez-vous les mœurs et le caractère des romains et des américains ?

Pouvez-vous donc exister long-temps dans cette situation ? ne serait-il
pas plus honorable , plus avantageux pour vous de vivre dans le sein
d'une monarchie , le meilleur gouvernement reconnu par son excellence
par les plus grands légistes et par tous les peuples les plus éclairés de
l'Europe ? Ne serait-il pas plus honorable pour vous de jouir des mêmes
honneurs et prérogatives que nous ? Honneurs et prérogatives qui sont dans
tous les pays les récompenses du guerrier et du magistrat qui ont bien servi
leur patrie ? N'est-il pas enfin plus honorable d'être Prince , Duc , Comte ,
Baron , Chevalier , etc. que de posséder ces qualifications de chef d'Esca-
dron , chef de Brigade , général de Brigade et de Division , qui nous rappel-
lent ces temps odieux de la Démagogie des Leclerc et des Rochambeau ,
nos exécrables ennemis ?

O haytiens ! lorsque nos tyrans nous menacent d'exterminer notre
race jusqu'à l'âge de six ans , serez-vous insensibles à la voix de votre
patrie ? Pouvez-vous hésiter un seul instant ? Seriez-vous donc irascibles ?
Quel exemple donniez-vous au monde ? Renoncez-donc à cet état d'instabilité , pour ne former qu'une seule et même famille ; renoncez à ces
dénominations pour jouir et participer avec nous de la gloire immortelle
qui nous environne ! !

Voyez un Royaume chrétien , puissant et civilisé fondé par des noirs ,
élever sa tête radieuse sur l'océan Indien occidental ; participez avec
nous à la gloire d'avoir résolu le grand problême de nos infâmes
détracteurs , qui ont eu l'audace d'affirmer que jamais les noirs ne
pourraient se réunir en corps de peuple civilisé et indépendant ; nous avons
déjà confondu leur fol orgueil et leur calomnie , nous sommes civilisés
et indépendans aussi bien qu'aucun peuple de l'Europe ?

Haytiens de ma couleur , c'est à vous particulièrement que je m'adresse ,
j'ai rempli ma tâche , je vous ai dit la vérité , je sens dans ma conscience
que j'ai fait le devoir d'un bon et vrai haytien ; avant de terminer je
vais vous résumer ce que je vous ai dit :

1°. Je vous ai prouvé de la manière la plus claire et la plus positive ,
que les français veulent se servir des haytiens de couleur , comme des
instrumens nécessaires , pour réduire nos frères les noirs dans l'esclavage ,
chose impossible ni à vous , ni aux français même.

2°. Je vous ai prouvé sans réplique , que vous n'aviez point de plus
mortels ennemis que les blancs français et les ex-colons qui vous
flattent , vous caressent , tandis que leur véritable pensée est de
vous anéantir à jamais.

3°. Je vous ai prouvé de même que vous ne pouviez avoir de salut que dans le sein des noirs, avec les noirs et par les noirs qui nous ont donné le jour; nous sommes leurs enfans; il nous ont toujours considérés et traités comme tels, malgré que quelques-uns d'entre nous n'ayent été que des monstres d'ingratitudes à leur égard.

4°. Je vous ai prouvé évidemment que vous pouviez rentrer sous le toit de la maison paternelle sans avoir rien à craindre, rien à redouter, pas plus que moi qui vous parle; que vous jouirez sous le gouvernement légitime et paternel de notre souverain le grand HENRY, notre bon Roi, des mêmes biens, honneurs et prérogatives que nous mêmes! Votre salut, le salut de votre patrie vous le commandent impérieusement!

D'après tout ce que je vous ai dit et démontré, vous n'avez plus de prétexte, plus de motif, plus de raison légitime à alléguer pour rester dans l'état de choses où vous êtes maintenant.

Si un homme assez ennemi de lui-même, de sa patrie et de ses concitoyens, osait élever sa voix pour vous dire de continuer la guerre civile et de rester dans l'état d'instabilité où vous êtes plongé; dites-lui avec assurance [et vous ne vous tromperez pas] *Vous êtes un traître; un agent des français; vous êtes vendu aux blancs français; vous êtes prêt à nous livrer; vous attendez que le temps en soit venu; vous craignez encore la masse des haytiens; vous attendez l'arrivée de l'armée française pour exécuter votre exécrable projet; dites-lui; vous êtes un monstre, un profond scélérat;* frappez-le d'anathème, chassez-le loin de vous comme un pestiféré, il vous communiquera la contagion et la mort.

Haytiens de ma couleur, prononcez-vous; le moment est décisif; le temps presse, il est des circonstances dans la vie qui ne se retrouvent plus!

D'un côté, un père généreux vous tend les bras; vos frères, vos parens les noirs, vous appellent dans leur sein.

D'un autre côté, vos bourreaux, les blancs français et les ex-colons, vous appellent à eux à grands cris, le poignard d'une main, la haine et la vengeance dans le cœur, ils vous flattent, vous caressent; ils veulent même vous embrasser, mais c'est pour mieux vous étouffer!.....

Je ne vous ferai pas l'injure de vous dire : *entre vos frères et ces monstres: choisissez!*

Votre choix n'est pas douteux, nous sommes Haytiens, nous sommes Noirs et Jaunes, nous sommes réunis, nous détestons tous les colons français! Criez avec moi : *vive le Roi! vive la Liberté! vive l'Indépendance!*

Baron DE VASTEY,

JANVIER 1815, la douzième de l'indépendance d'Hayti.

Au Cap-Henry, chez P. ROUX, imprimeur du Roi.

www.ingramcontent.com/pod-product-compliance
Lightning Source LLC
Chambersburg PA
CBHW061734180626
46818CB00006B/2605